ANDAR COMO AS NUVENS ANDAM

juliana matsumura

URUTAU

2024

O —

editora Urutau

rua dr. manuel pacheco nobre, 128, 5 esquerdo
2830-080
barreiro (setúbal)
portugal

rua do cajú, 478
jardim das cerejeiras, 06724-015
cotia-sp
brasil

[+351] 928053619 [portugal]
[+55] 11 9 4859 2 426 [brasil]

www.editoraurutau.com
original@editoraurutau.com

[EDIÇÃO]
debora ribeiro rendelli
tiago fabris rendelli
wladimir vaz mourão
[REVISÃO]
juliana palermo
[IMPRESSÃO]
iverso
[ISBN]
978-65-5900-704-2

sumário

outono

[9] [Andar como as nuvens andam]

[11] Alvará de construção

[13] [O véu das memórias escondidas]

[15] Avó

[17] Não sei se fui chuva

[19] [Sono, sono, sono, sono]

[21] [Arrancaram-te]

inverno

[23] 40 noites

[25] [Movem-se os braços]

[27] A sombra//para Beckett

[29] [Longa estrada esburacada]

[31] Avô

[33] Luto

[35] [Um buraco sob os pés]

[37] Rua Adelina Boz Marfim

[39] [Passado]

primavera

[41] [No espaço pequeno que te dão]

[43] [A minha realidade]

[45] Sobre Hilma

[47] Surgit

[49] [Saber-se dona de um limite]

[51] [Aquela foi a última vez]

[53] Kawa-kami

verão

[55] [Instrumento]

[57] [No caminho]

[59] [Distância]

[61] Desenho

[63] Caldeira

OUTONO

*

Andar como as nuvens andam
Movimento inacabado
Ação inútil
Percorrer os caminhos que levam ao topo
— como cobras —
Para lá nunca chegar
Empurrar o barco
Até encontrar uma boa correnteza
Que nos leve até a outra margem
E assim, empurrar
— de novo — o barco
Andar como as nuvens andam

E acabar em chuva

Alvará de construção

é o que falta nas casas do caminho
nas casas ao redor de muitas casas, onde eu nasci
o caminho entre a minha e a sua
infinidade de fios elétricos
caos suburbano
cães caramelos
infinidade de igrejas
com os seus suspeitos líderes e suspeitas
cadeiras de plástico
brancas
terrenos baldios
natureza—espaços negativos
entre uma e outra
assimétrica construção
corpos cansados
talvez embriagados
circulam
sobrevivem

nenhum deles se parece com o
meu
todos eles iguais aos nossos
o teu corpo circulou
e sobreviveu
viajou para que existisse o amanhã
o meu também
na terra de onde vieste nada crescia, nada vingava
seca profunda
vieste salvar-nos
trouxeste pão, trouxeste
milho
as tuas mãos pariram estrelas incandescentes
as tuas mãos erguidas para o
céu
a vela dos nossos dias
as tuas mãos construíram
esta casa
esta casa que se põe
— amontoados de ruína —
num movimento decrescente
desvanece
as tuas mãos enrugadas
erguidas para o céu

*

O véu das memórias escondidas
no breu
corrói as partículas invisíveis
suspende o meu corpo no branco
incide sobre o meu peito
a luz amarga

Avó

Foi isto que te manteve viva
Chamavas pela luz e ela te acompanhava
Espalhava-a para nós, para mim
A dureza das tuas palavras, doces
Só agora reparo
A dor transforma-nos
As marcas em teus joelhos nos salvaram
Eras tu, sempre, a luz
Sofreste com o sair de casa,
Com o perambular sem casa,
Com a falta de casa
E tantas vezes foi casa que ofereceste
Foste tu própria a casa de todos
E aguentaste, aguentaste, aguentaste
Teto, chão, portas e janelas
Feijão no fogo, pão
Confio que as tuas preces me seguem
E eu hei de voltar

Não sei se fui chuva

Mesmo conhecendo o ciclo das águas
não me conformo
não aceito
a sublimação
— o fim é triste

*

Sono, sono, sono, sono.
Cansaço, cansaço, sono.
Sono, sono,
mais nada.

*

Arrancaram-te
das minhas mãos
não pude ver
cegueira insistente
mas ouço
vem do mar a minha prece mas
sinto
o tempo a dar um nó
despenco
e vejo-te

INVERNO

40 noites

É um buraco
cheio de luzes fosforescentes
brilham, brilham
flutuam no escuro
sinais de dores passadas, de tempos
feridos, de feridas chuvosas
caí tantas vezes, chovi incessantemente
caí. Depois de erguer montanhas em chamas
caí.

*

Movem-se os braços
contra as intempéries da estação
o dia não está ameno
lá fora
amontoados de palavras ditas —
o legado irreal dos que vivem

A sombra//para Beckett

First
you turn the light on
A fire. A fire that makes the darkest shadow appear.
No. First the candle. No, first the fire.
Your prayer ascends and edifies something rare
and beautiful
and high. Your words meet the lightest light. Something
rare.
Your prayer descends into the darkest shadow.
First the shadow. No. First, the fire.
Then the words. Then the memory.
The brightest memory descends to the darkest shadow
that inhabits your words. First the words.
Your words feed the fire. The fire is the only thing
that remains.
The fire is the only thing in this place that ends.
The candle ends.
And the shadow remains. The fire is gone,
and the shadow remains.

The brightest shadow remains.
The memory ascends to the highest prayer.
The prayer descends again. First the prayer, then the fire.
The fire is gone and the shadow remains.

*

Longa estrada esburacada
Ilude, engana meus sentidos
Liberta meu corpo do declínio
E me arremessa para outro

Avô

Sabes bem que o longe
é o abismo
que a presença
é areia nas mãos
que os dias são todos mortais
sabes bem
que criaste um império
uma imensa catedral
perfumada e com luz
entro nela e por viver dela
brilham
os meus dias
depositas uma flor
no centro da minha falta
vagueio sem vê-la
esmago-a sem querer
sem conseguir dizer
qual flor.

Luto

É como um espaço sem horizonte
coberto pela neblina da manhã
o frio transpassa a memória
e a espera [longa por si só]
é uma suspensão no branco
no preto, no cinzento
é aquela luz difusa que
me atravessa
a morte

*

Um buraco sob os pés
Cuja escuridão
Faz tremer os músculos
Faz lembrar todas as paisagens perdidas no passado
E as construções bem alicerçadas
Vagas luzes e sons que as povoavam
Vozes a sussurrar alentos — e braços a segurar
O medo de partir
Percorrem os vasos da minha memória

Agora o lugar é outro
E no meu horizonte despontam cores desordenadas
Visões confusas do que está por vir
— e ventos terrivelmente gelados
Respingam em mim gotículas de outros mares
Meus pés estão sujos de lama de outros territórios
Sôfregas pegadas marcam meus movimentos
Meus traços de outros tempos
E é impossível olhar para baixo

Rua Adelina Boz Marfim

No silêncio da casa
o relógio de pilha
uma em cada quatro
noites
neste lugar que é templo
e ao mesmo tempo carne
instituição
firmada no sangue
televisão sempre ocupada
a preencher a existência
a consumir as horas
da ruína do corpo doente
é o sofá o trono imperial
do esquecimento
imagens imagens
santos santos
santo café coado
algo nos guia
algo nos liga

nos liga uns aos outros
uns e outros ligados
por um anel celestial
por um campo vibracional
por um desejo ancestral
por um elo de diamante
maior do que as horas
maior do que nós
maior do que o silêncio
maior do que esta noite
anoitecendo
santa.

*

Passado.
Pilha de rostos, molduras e pó.
Lar em chamas.

PRIMAVERA

*

No espaço pequeno que te dão
fazes insurgir o teu corpo
no espaço minúsculo que me dão
faço pequenos movimentos
microacontecimentos
expando o volume
dos meus pulmões
na pedra fria
ainda assim
germina
a maior das espécies
de planta aquática
de árvore atlântica
explodindo em cachoeiras
e em canto de jacu
no lugar onde florescer
não é permitido
onde o bom é o bom costume
rasgo silêncios

pétalas, asas, janelas
até a autodestruição
fecho-me outra vez
é tempo de provisões
é inverno no sul
na terra onde o tempo é doido
e doidos são os que abrem os olhos
fecho os meus em oração
no espaço pequeno que ocupo
imagino a promessa
a casa
a casa
a casa

*

A minha realidade é essa que meu invólucro reclama
que morre na névoa das tuas pálpebras
tentei
esquecer as velhas táticas
e construir mundos novos na minha solidão
mas minha pele já está marcada.
e ensinaste-me a usar o mapa das tuas mãos e
mesmo inerte sinto todos os movimentos
ouço todos os sons do cosmos

Sobre Hilma

Agora sei que o canal
não sou só eu
os canais vivem em tantos outros
através de mim o rio
através de mim o fluxo interminável de formas
vêm e se aconchegam no colo do papel
sobrevivem à violência
do pouco treino dos olhos e
do coração

Surgit

Era deserto.
Queria ver.
Experimentar nos meus olhos a chama.
O rio-correnteza que nos atravessa.
Colher na noite o peso iluminado.
Tocar a sua ausência
através da luz.
E revelar
o dia.
Rio incandescente.

*

Saber-se dona de um limite
pele, ossos
limite deteriorável – que conhece o teu
sismos
quando se reconhece a substância
comum aos mortais – a mesma vulnerável solidão
quando a compaixão e o delírio acontecem – o amor –
desequilíbrio delirante que se faz casa
abrigo agridoce

*

Aquela foi a última vez
O horizonte familiar
A tangibilidade do silêncio do mundo
Aquela foi a última vez
Nem o som dos transportes
nem a urgência da partida

O abraço mais longo da história
Fogo uno, origem do cosmos
O fim da primavera
Aquela foi a primeira vez.

Kawa-kami

O tempo expande até que o rasgo
da garganta
a secura do deserto finda
no nascer das águas aéreas
meu corpo dança
no peso carregado por tuas mãos
meu corpo dança
enfim
na travessia da escuridão
luz, vida
tempo novo que
deságua

VERÃO

*

Instrumento
é o corpo
que quer-se transparente
que ascende à superfície
das horas
e existe na
teia do entre
entre nós
entre os
instrumentos
entre as batidas
do tempo
através-lugar
onde a luz
quer passar atravessar
os rios
iluminar o fundo
purificar
como fogo
o nosso bicho-instrumento

*

No caminho
nas vozes
                    uma grande rocha
não toco, nem vejo
o navio no meu peito
a linha eterna do mar e dos aviões

*

Distância
a Natureza não perdoa
distância
a memória violada
o tempo vence ideologias nostalgias
se manifesta em carne
ossos e feridas.

Desenho

A linha infinita atravessa terras
Águas, mortes e consciência

Caldeira

Terra em convulsão
amor despido de adereços
suspensão comum do universo
a transformação de toda a matéria
nas certezas que se esfumaçam
nas montanhas
e no coração.

Juliana Matsumura (Mogi das Cruzes, 1993) é uma artista brasileira radicada em Lisboa. Colabora com a galeria Coletivo Amarelo. Formou-se em Desenho no Ar.Co e expõe o seu trabalho desde 2017. Participou do laboratório de artistas Nowhere Lisboa e foi cofundadora do coletivo Incubadora DAO. Foi selecionada para o livro *Portuguese Emerging Art 2023* e recebeu recentemente um Apoio da Fundação Gulbenkian com o projeto "Kawa-Kami", desenvolvido em São Paulo. A escrita é o motor do seu pensamento.

PRIMEIRA EDIÇÃO
— VERÃO, BARREIRO —
— INVERNO, COTIA —
MMXXIV